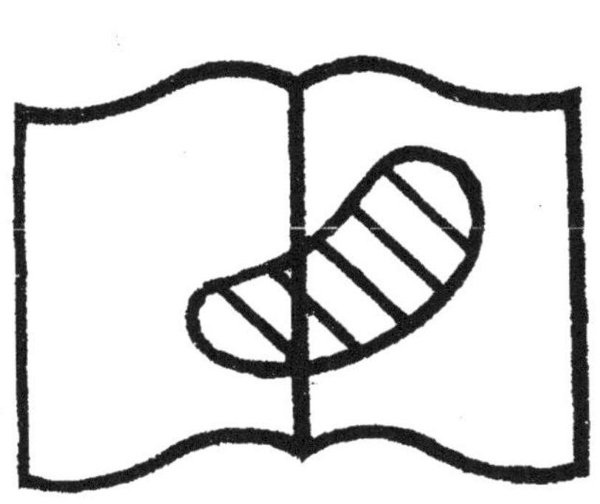

illisibilité partielle

VALABLE POUR TOUT OU PARTIE DU
DOCUMENT REPRODUIT

Couvertures supérieure et inférieure
manquantes

LES
FOURNEAUX

PAR

GEORGES COURTELINE

~~~~~~

Illustrations de L. Bombled, Albert Guillaume,
Barrère et de Sta.

~~~~~~

PARIS
ALBIN MICHEL, EDITEUR
59, RUE DES MATHURINS

—

Tous droits réservés

LA GOURDE

I

Il y a, pour les gens très bêtes, un spectacle très récréatif : c'est celui d'un homme de lettres dans l'exercice de ses fonctions. Non, je ne crois pas qu'il soit un champ où fleurissent, s'épanouissent, prospèrent de plus luxuriante façon l'observation narquoise des niais et leur ineffable goguenarderie.

Je connais à Batignolles, à deux pas de la rue Nollet, un petit café d'habitués, que déserte la clien-

tèle après l'apéritif du soir et qu'on ne sait quelle
étrange idée fixe tient pourtant ouvert jusqu'à dix et
onze heures : vrai estaminet de sous-préfecture, qu'on
croirait échappé à un dizain de Coppée et où tout
tourne à l'événement, l'apparition d'une figure nouvelle ou un écart de vingt-cinq sous dans l'équilibre
des recettes. On y est bien pour travailler ; son calme,
jamais introublé, où ronronnent comme des matous
les lampes à gaz du plafond, rappelle le collège, l'étude.
La rêverie est là comme chez elle, en sorte que j'ai
pris l'habitude d'y venir chaque soir, une heure ou
deux, aligner du noir sur du blanc, en buvant une
tasse de café et en dégustant la douceur d'être le
bouffon des quelques crétins dont suit la nomen-
clature :

1e Le patron de l'établissement ; homme à tête de
président de cour, constellée de petite vérole ;

2e L'épouse du susdit, femme de qui l'austère
retenue proclame l'austérité des mœurs ;

3e Le garçon, Félix, délicat éphèbe de vingt ans,
dont j'estime que le frotteur cire le matin les lumineux bandeaux ;

4e Le plongeur, autrement appelé officier, roi au
royaume des pattes sales, usufruitier de deux avant-

bras craquelés de graisse et devenus, ainsi, assez sem-
blables à des potiches.

Il y a aussi un salé, âgé d'une vingtaine de mois,
lequel, malgré sa grande jeunesse, excelle déjà dans le
bel art de faire voltiger sa cuiller par le vide des libres
espaces et d'imprimer à sa petite chaise le piétine-
ment successivement monotone, agaçant, puis insup-
portable, d'une jument qui s'impatiente. Nul doute
que cet aimable enfant ait tout à espérer de la vie,
car il est plein d'intelligence. Cela se lit sur son visage
où revit la flamme paternelle ; mais surtout sa
façon de jeter , sans qu'on sache à propos de quoi et à
l'instant qu'on s'y attend le moins, des cris perçants
de cochon de lait qui s'est pris la queue dans une porte,
donne à penser au philosophe, fait augurer avanta-
tageusement des séductions de sa conversation
encore embryonnaire, hélas !

Deux fois par jour, de chaque côté d'une table
chargée de mets, une tradition familiale réunit ces
diverses personnes. Et ma gloire est de voir chaque
soir, à la minute où j'apparais sur le seuil du petit
café, s'épanouir les quatre visages que je me suis
efforcé de dépeindre, se rétrécir ces quatre paires de
lèvres sur quatre fous rires mal contenus, tandis,

que transpire à travers le bourrelet de ces quatre bouches cadenassées cette quadruple constatation, — susurrée à peine, il est vrai, mais en un unisson touchant :

— Voilà la gourde qui arrive.

La gourde ?

La gourde.

Quelle gourde ?

Ne cherchez pas, je vous en prie... C'est de moi même qu'il s'agit.

C'est que je suis le coup de soleil de cette triste et sombre maison ; je suis le rigolo annoncé à la porte et impatiemment attendu ; le bon fou qui a reçu du ciel la mission de divertir le pauvre monde en venant étaler au grand jour le spectacle réjouissant de sa difformité cérébrale.

Je voudrais être psychologue. Oui, je voudrais savoir lire dans les âmes aussi bien que Léon Daudet, mon cher et illustre ami. J'aurais la veine de pouvoir démêler ce qui peut bien se passer dans celles-là ! Avec quelle satisfaction j'en déchiffrerais les ténèbres ! Avec quelle joie j'en parcourrais les dédales !... — fixé enfin sur cette optique spéciale, particulière aux imbéciles, qui leur transforme en phénomène un homme bâti à leur image, UNIQUEMENT PARCE QU'IL ACCOMPLIT, OÙ DU MOINS S'EFFORCE D'ACCOMPLIR, UNE BESOGNE D'ORDRE SUPÉRIEUR.

Dieu ne m'a pas livré son secret.

Qu'il le garde.

II

Cependant je gagne ma place accoutumée, et aussitôt la fête commence. Respectueux des manies du pauvre insensé, le garçon, qui s'est levé de table,

vient spontanément déposer devant moi un encrier et un buvard. Il s'acquitte de cette mission avec beaucoup de gravité, prouvant ainsi à quel point il sait rester maître de soi quand les circonstances l'y obligent.

Mais la force d'âme a des bornes : à peine m'a-t-il tourné le dos, que déjà je vois ses épaules s'agiter convulsivement, secouées du tressautement des muettes allégresses.

De leur côté, le président de Cour et la dame à l'austère retenue ont baissé le nez sur leurs assiettes où blémissent des tranches de veau parmi la bouse de l'oseille. Ce sont des gens bien élevés en effet ; ils mettent, à se payer ma figure, une discrétion de bon goût, faite à la fois de compassion pour mon état misérable et du désir bien légitime de ne pas perdre ma clientèle.

Pourquoi faut-il que le plongeur ne prenne pas exemple sur eux ?

Malheureusement. celui-ci est terrible ! Né malin, il lui faut quand même et à tout prix affirmer qu'il est né malin ; et pendant que, penché sur ma feuille, j'y accouple, en suant de douleur, des mots que je biffe à l'instant même pour en mettre d'autres à la place, à travers mes paupières tombées je sens se fixer sur moi la goguenarderie assassine dont pétillent les yeux de cet espiègle.

Ma vue, à vrai dire, lui est un spectacle dont il ne saurait se rassasier.

Du ridicuie qui me submerge et que je dois à

l'extravagance de ma profession, il se repaît, se gave, se saoule.

S'il ne sentait tout son sang se glacer de terreur

dans ses veines à l'idée qu'il pourrait ne plus me
voir, depuis longtemps il eût lâché ce coin perdu,
transporté en de plus nobles lieux ses rares talents,
son chic à récurer l'évier, son habileté sans égale à
savoir débourrer le matin, de son seul manche à balai
verticalement abaissé comme une perpendiculaire sur
l'hypoténuse d'un triangle rectangle, la gueule en-
combrée du goguenot.

L'heureux homme !...

Quelquefois nos regards s'étant par hasard ren-
contrés, s'attardent à se contempler l'un l'autre. Alors,
il ne se connaît plus ; la nécessité où il est de donner
libre cours à sa joie l'emporte sur sa raison. Il élève
son verre vers sa bouche, laborieusement il en intro-
duit le bord dans l'étau de ses lèvres closes, et pendant
une, deux, trois minutes, il en maintient de sa main
fébrile la position horizontale, suffoqué, soulagé pourtant, éperdu et silencieux, riant au point d'en perdre
le soufle, dans ce qu'il a l'air de boire !...

III

Je le répète, j'aimerais être Léon Daudet, pour pouvoir inonder de clarté cette âme si étrangement complexe ! Mais je ne détesterais pas, non plus, devenir le divin Homère, puisque, grâce à cet avatar, je pourrais en vers imposants, plus durables que l'airain lui-même, magnifier le petit salé et l'impétuosité sans bornes de sa joie. Ici, plus de grimaces ; plus ae feintes. La simplicité du sujet, alliée au sens critique dont le ciel l'a pourvu et à la fôlatrerie naturelle de son humeur, remplace chez lui les bienfaits de l'éducation.

D'abord, comme figé de stupeur, il attache sur moi de longs regards, ne perdant aucun de mes mouvements, suivant de loin, avec une anxiété croissante, la marche hâtée de ma main sur la blancheur du papier.

Et tout à coup, d'une voix qui sonne dans le silence en appel strident de trompette :

— Monsieur la gourde !... C'est Monsieur la gourde ! hurle-t-il.

Car plusieurs fois dans la journée, soucieuse d'obtenir la paix, sa maman lui a crié : « Gàre !... Si tu ne

veux pas manger ta soupe, si tu te mets les doigts dans le nez ou si tu tires la queue au chat, tu ne verras pas la gourde ce soir ! » ; si bien qu'après avoir pâli à l'idée de ne pas voir la gourde, il triomphe de la voir tout de même.

En vain rouges de confusion, épouvantés à la pensée d'être privés des trente centimes que je dépense chaque soir chez eux, ses parents tentent de mettre un frein à ce torrent de jovialité intempestive et l'empiffrent de pommes de terre dans l'espoir d'acheter son silence :

— Monsieur la gourde !... Monsieur la gourde !... reprend-il en semant par les airs des flots de nourriture intacte.

En même temps, de façon qu'il n'y ait erreur pour personne, il me signale, il me désigne, de son petit bras étendu.

Cher enfant !

Moi, je lui souris de loin, avec bienveillance. Pardieu ! qui serais-je si je prétendais refuser à son innocente jeunesse le bénéfice de l'immunité ? Puis, entre nous, mon rôle de jocrisse n'a rien qui soit pour me déplaire.

Qu'est la vie, sinon un prétexte à nous blaguer les uns les autres ?

D'ailleurs je ne vois pas pourquoi je prendrais de l'humiliation à faire rire des honnêtes gens, alors que l'auteur de *Tartufe* et du *Bourgeois gentilhomme* n'a jamais fait autre chose.

L'ESCALIER

I

on oncle était une vieille bête, m'expliqua ce fou de Ratcuit, une vieille bête mais un brave homme ; ma tante, elle, était une vieille rosse, mais elle était bougrement rigolo.

Ils habitaient Puy-l'Evêque, un trou lugubre, en Vendômois.

A l'extrémité de la ville, à deux pas des anciens remparts, ils occupaient une maison à deux étages, qu'emplissait du matin au soir le bruit de leurs incessantes querelles.

Cette maison, mon oncle la tenait de son père ;

celui-ci la tenait du sien, lequel la tenait, à son tour,
de l'arrière grand-père de mon oncle, et comme ça
à l'infini.

Depuis des temps immémoriaux, une génération la
repassait à l'autre, de même qu'au baccara-chemin
de fer on se repasse le paquet de cartes. Successivement chacun de ses propriétaires l'avait remise au goût
du jour en en rajeunissant la toiture ou le pied, mais
toujours elle était restée une jambe en l'air, avec un
moitié d'elle-même en retard sur l'autre moitié, d'un
demi-siècle, présentant ainsi un aspect singulièrement
équivoque, quelque chose comme un personnage
qu'aurait revêtu par en bas la courte culotte à canons
du grand siècle, et, par en haut, le clair mastic d'un
rasepet contemporain.

Entre les quatre murs de cette maison de Janot,
l'oncle et la tante vivaient en chat et chien, animés
l'un contre l'autre d'une antipathie instinctive qu'a-
vaient lentement aiguisée trente-cinq années de tête-
à-tête, le vide d'une existence provinciale formidable-
ment imbécile et dénuée de but. Il suffisait à l'un d'ex-
primer une façon de penser, pour que l'autre, précipitamment, affichât une manière de voir diamétrale-
ment opposée. Pourquoi ? on ne sait pas ! pour rien,

pour le plaisir, comme Caussade tua Latournelle. Et ainsi, de parti pris, ils s'exaspéraient mutuellement: elle, agressive, âpre, hargneuse; lui, goguenard, dédaigneux, fort pour les haussements d'épaules et les silences insultants.

II

Il faut te dire que si la maison de mon oncle péchait
un peu par les dehors, en revanche elle laissait très
fort à désirer au point de vue de la commodité ; bien
faite. d'ailleurs, par la surprenante niaiserie, l'étran-
geté imprévue de sa disposition pour les deux gana-
ches impayables qu'elle avait charge d'abriter.

C'est ainsi que la chambre à coucher, située au
second étage, communiquait avec la salle à manger, située à l'étage inférieur et exactement au-
dessous, par un absurde corridor, large à peu près
comme une brouette et long comme un jour sans
pain, que continuait un non moins absurde escalier,
plus noir et plus tortueux cent fois que l'âme d'un
prêteur à la petite semaine : un coup à se casser les
reins, gentiment, et neuf fois sur dix.

Il en résulta que ma tante parla un jour de la nécessité qui s'imposait de remédier à cet état de choses,
en reliant d'un escalier en pas de vis les deux pièces
superposées.

Mon oncle demeura frappé de l'ampleur de cette conception. Aussi se fit-il un devoir de la déclarer inepte, circonstance qui détermina ma tante à la mettre séance tenante à exécution. Dispensatrice des fonds communs, elle fit venir le menuisier et l'entrepreneur de bâtisses, lesquels, flanqués de leurs aides, expédièrent l'ouvrage en huit jours.

L'oncle les avait regardé faire, siflotant et fumant sa pipe.

Ces messieurs en allés, il dit .

— A cette heure, tu es satisfaite, et voilà de belle besogne. Admirable escalier, vraiment ! et élégant ! et décoratif ! et commode !

Puis : — Je n'y passerai pas, au reste.

Ma tante ne s'attendait pas à celle-là.

Elle blémit:

— Tu ne passeras pas par cet escalier ? demanda-t-elle.

— Jamais de la vie, dit mon oncle.

— Et pourquoi n'y passeras-tu pas ? demande encore ma tante.

— Parce que, répondit mon oncle, il ne me sied point d'y passer.

Il ricanait, content de lui. Ma tante, abasourdie, se taisait.

Violemment, elle conclut :

— C'est trop fort, par exemple ! Mais je te jure bien que tu y passeras.

— Et moi, dit l'autre, avec une calme assurance, je te jure que je n'y passerai pas.

La discussion en resta là.

Mon oncle trois jours, triompha. Seulement, le

dimanche matin, quand il vint solliciter de ma tante les soixante-quinze centimes dont elle le gratifiait hebdomadairement en vue de ses menus plaisirs, celle-ci déclara comme ça qu'il n'y avait pas de monnaie pour les imbéciles obstinés.

Une rosserie, quoi.

L'oncle eût cogné !...

Il se contint pourtant, il fit bonne figure, jusqu'à sifler entre ses dents un petit *allegro* joyeux.

Même, ainsi qu'il avait coutume chaque dimanche, il sortit après déjeuner, fut traîner quatre heures par les rues, sous une pluie battante et sans un liard sur lui, et ne rentra qu'à la nuit close, en affectant le dandinement léger de l'homme qui a un peu bu, et aussi l'empâtement de la langue, histoire de faire croire à sa femme que les « imbéciles obstinés » comptaient en ville plus d'un ami capable de leur payer à boire.

Et cette grotesque comédie se représenta autant de fois que les mois eurent de dimanches, les deux époux mettant leur point d'honneur à ne se céder ni l'un ni l'autre.

D'ailleurs, il ne se parlaient plus, ils avaient cessé de se connaître, couchant ensemble à la façon

de deux étrangers qu'a réunis en un même lit le trop-
plein d'une auberge cosmopolite, luttant de dignité et de
morgue hautaine à gagner la salle à manger, l'heure ve-
nue, chacun par une route différente, et sentant se déve-
lopper en eux de farouches et irréconciliables haines.

Un jour, en descendant son escalier — le sien ! —
l'oncle posa le pied à faux. Il dégringola bruyamment
et demeura sur le derrière, dans une obscurité de
cave, à brailler comme un cochon de lait. Il avait une
patte cassée.

Ma tante accourut, comme de juste, et te dire son
contentement, non ! c'était à arracher des cris de joie
à un seau de charbon de terre.

Elle répétait :

— Vingt francs !... On m'eût donné vingt francs !... je ne serais pas plus satisfaite !

— Vieille gueuse ! criait l'oncle indigné, vieille coquine ! A-t-on idée d'un tel monstre de femme !

Mais elle se fichait bien de ça ! et de son doigt, piqué sur la pomme d'Adam, elle indiquait que les mots ne voulaient plus sortir, dans l'étranglement de l'allégresse ! Ah ! c'était une nature charmante ! Tout de même, elle se décida à envoyer chercher un médecin, qui posa le premier appareil et recommanda pour le blessé une tranquillité absolue.

C'était demander l'impossible.

Le blessé haussa les épaules : il ramena son drap sur ses yeux, tel autrefois César ramena le pan de sa toge, et, bravement, attendit la mort.

Aussi bien en était-ce fait à tout jamais de la tranquillité de mon oncle ; désormais il portait au sein une plaie ouverte, à l'égale du Rhin allemand, depuis que Condé triomphant a déchiré sa robe verte. La jambe cassée n'était rien : c'était au cœur que véritablement, il avait ressenti un coup, dans le temps que s'effiloquait sa culotte au bord des marches ébréchées de son escalier — à lui !

Ah ! si ma tante, encore, eût cédé au plaisir de trom-
petter sa victoire et de l'aller crier sur les toits !...
Mais non, c'était une femme forte qui connaissait le
cœur humain comme si elle en eût vendu et dédai-
gnait l'insolence dans le succès, sachant bien qu'il est
tel cas où l'humilité savante du vainqueur est un coup
de fer rougi à blanc sur la blessure du vaincu. Durant
les onze jours que l'oncle tint le lit, pas une fois elle
ne s'oublia, ne souilla d'un mot équivoque, d'une
allusion aigre-douce, d'un malicieux sous-entendu,
l'éclat immaculé de son triomphe.

Simplement elle gardait une face rayonnante, un
énigmatique sourire, figé, incrusté dans le coin de sa
lèvre et de qui l'atroce ironie poursuivait l'oncle
jusqu'en sa ruelle, le pénétrait, jusqu'en ses moelles,
d'une innumérabilité de pointes de feu. Suppose le
martyr suraigu de l'homme qu'à changé un génie
malfaisant en la pelote d'épingles de Jenny l'ouvrière,
et tu auras une vague idée de l'état moral de mon
oncle, cependant que, froidement, sciemment, volontairement, ma tante le tuait, à l'épargner ! sucrait,
auprès de lui, les tasses de tilleul ; affectait des pré-
venances courtoises, les délicatesses odieuses de l'en-
nemie pénétrée du sentiment de sa force.

Dans ces conditions, tu comprends, autant eût valu
au malade cracher sur sa jambe mauvaise, en priant

le bon Dieu pour qu'il gelât dessus. Un beau matin, la
fièvre s'en mêla, le délire, tout le diable et son train ;

l'oncle commença de discourir à la manière d'une femme soûle, disait que ma tante s'amusait à le faire cuire à petit feu après l'avoir lardé tout vif, qu'elle avait suspendu des lampions allumés aux quatre coins de sa table de nuit et qu'en signe de réjouissance elle tirait des feux d'artifices à travers l'appartement : des bêtises, enfin, des giries, tout un 14 juillet en chambre, éclos en un cerveau malade de Prud'homme déshonoré.

Ça devait finir par une catastrophe et, en effet, ayant ainsi, trente-six heures, donné la comédie aux gens, le moribon tourna de l'œil.

C'est très bien ; il arriva ce qui arrive toujours en ces cas-là, à savoir l'ordonnateur des pompes funèbres, suivi d'un quadrille de croque-morts qui mirent mon oncle dans le sapin et se le collèrent sur l'épaule en criant : « oh ! hisse ! » Mais déjà, en la nuit profonde du corridor, résonnaient les souliers ferrés de ces braves gens, s'éteignaient les miroitements de leurs chapeaux et de leurs dos aux tons bleu d'ardoise, quand ma tante intervint doucement, et, du doigt, indiquant son escalier, — à elle :

— Eh là ! vous vous trompez de chemin ! Par ici ! messieurs, par ici !

Puis entre ses mâchoires serrées, tandis qu'accoudée

sur la rampe elle suivait avec intérêt la descente perpendiculaire et cahotée de son défunt :

— Je t'avais bien dit que tu y passerais ! murmura cette excellente femme.

L'ŒIL DE VEAU

I

Ce n'est pas absolument d'hier ; cela remonte bien, tout compte fait, à une bonne douzaine d'années ; et pourtant, je me vois encore, pauvre potache maigre et anémique déjà, dont la veste façon Sainte-Barbe faisait une gouttière dans le dos, pleurant comme un veau dans la salle des départs et révolutionnant, de ma douleur bruyante, tout le personnel de la gare.

Partagé entre le désespoir du retour et la joie de me savoir quinze sous dans ma poche, je sens encore sous mon bras le paquet ficelé de la main maternelle, contenant des chaussettes de laine, des souliers neufs, des galoches pour l'hiver ! J'entends les coups de sifflet et les volées de cloches, puis ce sont les pour- suites affolées d'un bout à l'autre de la gare, la précipitation des dernières embrassades, les bousculades, et les encombrements aux portes des salles d'attente. Ma mère se tient à quatre pour contenir ses larmes, mon père me crie : « Ne perds pas ton billet ! » Quelqu'un qui passe dit :

— Pauvre gosse !

Ah le sale temps ! les mauvais souvenirs ! et comme Vallès a raison d'exécrer les heures de collège !

Ça n'est jamais gai, le collège ; le collège de province surtout.

Je suis payé pour le savoir.

C'est, la plupart du temps, un bâtiment navré, triste comme l'automne et sale comme un peigne. Les petits commerçants de la ville en sont généralement fiers, et, généralement aussi, il n'y a pas de quoi. On les débarbouille une fois l'an, pendant le temps des grandes vacances, ce qui fait qu'au retour des élèves il pue sur toutes les coutures la peinture fraîche et le mastic : odeur à laquelle vient se mêler l'odeur fade de l'abondance et des équivoques bouillons gras, qui monte sournoisement de la cuisine, flotte en tout temps le long des corridors et des escaliers des bahuts de province.

Et puis, c'est comme un fait exprès, il pleut presque

toujours le jour de la rentrée. Or, je ne sais rien au
monde de plus désespérant, de plus sombre, de plus
lamentable, qu'un trou de province le soir, par une de
ces pluies fines et persistantes que le funèbre ciel d'oc-
tobre semble vomir avec la mort. Je me rappelle les
trajets de la gare au collège, les rues silencieuses et
étroites, sans un chat, éclairées d'un quinquet tous
les deux cents mètres ; les pâtaugeages dans la boue,
entre les petits lacs qu'enclosent les pavés ; les chutes
d'eau débordant des gouttières et les pas gymnasti-
ques au ras des maisons sombres tandis que la tunique
imbibée se colle de plus en plus aux épaules : âpre
époque, dont ma lèvre a gardé l'amertume, et dont la
lourde tâche de la vie n'est point encore parvenue à
cicatriser le souvenir !

II

Interné loin des miens, en ce petit lycée de X... qui eût ressemblé à un cloître s'il n'eût eu l'air d'une caserne, j'y passai ce qu'on est convenu d'appeler le meilleur temps de l'existence : c'est-à-dire ma prime jeunesse, de ma première communion à mon baccalauréat.

Je touchais cinq sous le dimanche, trois sous le jeudi, et je venais à Paris trois fois l'an : au jour de l'an, à Pâques et aux grandes vacances.

Il est vrai que la prévoyance familiale m'avait pourvu d'un correspondant, ce qui me procurait la jouissance de franchir le seuil du lycée, le premier et le troisième dimanche de chaque mois, quand j'avais obtenu des notes satisfaisantes.

Dire que ces sorties de quelques heures suaient l'allégresse et le délire, mon Dieu non.

Je crois même — je puis bien me l'avouer aujourd'hui — que je m'ennuyais chez mon correspondant un petit peu plus qu'à l'étude ; mais enfin j'avais le plaisir de me dire que *j'étais sorti* et aussi de penser,

plaisir plus grand encore, que d'autres, moins favorisés, étaient restés à envier ma bonne chance.

Le malheur des uns fait le bonheur des autres.

Mon correspondant s'appelait Poirotte. Ce n'était pas un bien beau nom, mais je le lui pardonnais volontiers en faveur de son hospitalité qui était large et généreuse, et des innombrables distractions que je goûtais en sa société.

Voici, en effet, heure par heure, l'emploi des dimanches de sortie que je passais auprès de lui :

Neuf heures et demie. — Arrivée chez M. Poirotte. Nouvelles de ma santé, de mon travail et de mes progrès.

Discours de M. Poirotte sur les bienfaits de l'instruction et le résultat toujours heureux d'une discipline sagement appliquée.

Dix heures — Promenade à la cathédrale et audition de la grand'messe, aux côtés de M. Poirotte. Satisfaction de sortir un sou de ma poche et de le verser à la quête pour le plus grand bien du Denier de Saint-Pierre.

Onze heures. — Retour au domicile de M. Poirotte. Repas frugal, généralement composé des restes du dîner de la veille, mais agréablement assaisonné de multiples saillies de cet excellent homme.

Plaisir de voir M. Poirotte siroter *seul* une tasse de café.

Deuxième discours de M. Poirotte sur les bienfaits de l'instruction et la nécessité d'une sage discipline.

Une heure. — Permission de M. Poirotte de regarder par la fenêtre, mitigée de la défense de cracher dans la rue.

Plaisir de voir passer, se rendant en promenade, les camarades qui ne sont pas sortis, et qui, eux *ne s'amusent pas.*

Trois heures. — Plaisir de donner un coup de brosse aux chaussures de M. Poirotte et aux miennes, et de penser que nous allons, mon correspondant et moi, aller faire un tour de boulevard, en ville.

Quatre heures. — Excursion au café de l'Hôtel-de-Ville, dont M. Poirotte était le client assidu. Plaisir de voir M. Poirotte absorber quelques verres de bitter en faisant des parties de jacquet.

Cinq heures. — Retour au collège.

Troisième et dernier discours sur les bienfaits de l'éducation.

Exhortations au bien.

Séparation douloureuse.

Plaisir de penser que quinze jours plus tard cette petite fête renaîtrait de ses cendres.

Et c'était aussi gai que tout cela toutes les fois.

Ah ! ce n'est pas pour faire l'intéressant et établir, entre mon existence d'alors et mon existence d'aujourd'hui, d'ironiques et amères comparaisons, mais j'ai goûté de bien douces heures aux côtés de M. Poirotte, de bien douces heures, en vérité.

III

J'ai fait comprendre que le superflu était absolument banni des déjeuners de M. Poirotte.

. Je me fais un devoir d'insister sur ce point.

Aussi fus-je étrangement surpris quand un dimanche matin, revenant de la messe, mon correspondant me dit en me pinçant l'oreille :

— Jeune homme, réjouissez-vous ! Vous avez été le premier en récitation classique et il ne sera pas dit que vos efforts seront restés sans récompense. Nous allons faire une débauche.

— Nous allons faire une débauche ! m'écriai-je non sans émotion.

J'avais jeté de côté un coup d'œil sur la table.

Une soupière basse et fermée, flottant dans une buée transparente et légère, trônait au centre de la nappe.

— Oui, une débauche, reprit mon correspondant, dont un fin sourire de gourmet soulevait le coin de la lèvre.

Et il ajouta : — Jeune homme, mettez-vous à table et préparez-vous à une grosse surprise.

J'obéis.

Je m'installai en face M. Poirotte et je commençai de déployer ma serviette tandis que mon correspondant amenait doucement à lui la mystérieuse soupière, la soupière à surprise !

Je pensais :

— Eh là, Seigneur Dieu, que peut-il bien y avoir là-dedans ?

Et d'avance, escomptant quelque chef-d'œuvre culinaire, je me pourléchais les babines, quand Poirotte, enlevant le couvercle avec une savante lenteur, découvrit à mes yeux navrés une tête de veau toute fumante.

Or, je ne sais ce que nous nous sommes fait, la tête de veau et moi, mais nous professons, l'un pour l'autre, une haine mutuelle et cordiale.

Fort d'un sentiment dont je n'étais pas maître, je déclarai à M. Poirotte que je ne me déciderais à manger de sa tête sous aucune espèce de prétexte et à aucune espèce de sauce.

Il en parut vivement surpris.

— Jeune homme, dit-il, vous m'étonnez ; la tête de veau est l'amie de l'homme.

Je répondis qu'elle n'était pas la mienne ; mais M. Poirotte, qui s'y connaissait mieux que moi, m'affirma que je me trompais et que la tête de veau, justement, se trouvait être ma plus chère et ma plus précieuse amie, chose que je n'eusse jamais soupçonnée jusqu'alors.

— Vous ne savez pas ce qui est bon, dit-il ; la tête de veau en vinaigrette est un véritable plat de gourmet et elle était en grand honneur chez les empereurs de la décadence.

Tant d'érudition m'éblouit, mais n'arriva pas à me convaincre.

Je hasardai timidement que je n'étais en aucune façon empereur de la décadence mais simple élève de sixième au petit lycée de X...

— N'importe, reprit alors cet homme véritablement entêté ; ayez confiance en ce que je vous dis ; goûtez-en seulement un tout petit morceau, et nous en recauserons ensuite.

Je me sentis envahi d'un immense désespoir.

— Monsieur Poirotte ; m'écriai-je !

Il continua :

— Allons, vous êtes un enfant. Il se peut que vous n'aimiez pas la tête de veau, mais c'est tout simplement parce que madame votre mère ignore l'art de l'accommoder, tandis que celle-ci est excellente, tout à fait supérieure et exquise, je vous le jure. Voyons, mon ami, voyons, faites-moi le plaisir d'être sage et veuillez me tendre votre assiette : je vais vous servir un morceau qui passe à juste raison pour ce qu'il y a de plus fin et de plus délicat au monde.

Je me récriai, je hurlai, je pleurai ; mais le cruel M. Poirotte fut inflexible,

Il conclut :

— Jeune homme, il suffit!

Et délicatement, du bout de sa fourchette, il déposa dans mon assiette quelque chose de noir avec un trou dedans.

Je regardai,

C'était l'œil.

— Mangez ! commanda M. Poirotte d'un ton qui ne souffrait pas de réplique.

Alors, je ne sais plus au juste ce qui se passa ; je devins fou, je perdis connaissance, et fermant précipitamment les yeux, j'avalai d'un seul coup l'œil horrible du veau!

IV

Quand je revins à moi, j'aperçus mon correspondant qui me regardait en souriant.

— Eh bien ! fit-il, qu'en pensez-vous ? Est-ce vraiment si mauvais ?

Je demeurais un instant sans répondre, les dents serrées... par précaution. Enfin, toute crainte d'accident étant disparue et réfléchissant qu'aussi bien la pilule était avalée, je crus devoir être poli et ne pas blesser M. Poirotte dans des goûts et des convictions que je n'avais pas à discuter.

— Eh ! eh !... dis-je sans me compromettre.

M. Poirotte éclata de rire :

— Ah ! le farceur, s'écria-t-il ; voilà pourtant comment l'homme, par un entêtement absurde, en arrive à gâcher sa vie ! Ah ! jeune homme, jeune homme ! fasse le ciel que cette leçon porte ses fruits dans l'avenir. Enfin n'en parlons plus ; ce qui est fait est fait ; il faut que jeunesse se passe, c'est l'âge qui amène l'expérience. Jeune homme, vous avez été le premier en récitation classique, et il est bon qu'un légitime hommage immortalise en votre esprit le souvenir de ce louable succès. Vous avez, comme il convenait, apprécié le premier œil de veau ; permettez-moi de vous offrir l'autre.

Et de nouveau, dans mon assiette quelque chose de noir s'abattit ; quelque chose de noir avec un trou dedans ! ..

Le premier œil avait passé.

Comment avait-il fait son compte, je n'en sais rien, mais enfin il avait passé.

L'autre obtint un sort moins heureux.

Par les prodiges d'un courage dont je demeurerai éternellement fier, je le poussai jusqu'en mon estomac mais quand il y fut installé, il se refusa absolument à en partir. Il y resta, il y sera éternellement, et c'est ainsi que je le puis offrir en holocauste aux pauvres petits collégiens malchanceux que je voyais, ces jours derniers, promener à travers Paris leurs têtes de désespérés et leurs tuniques d'uniforme sorties, après deux mois, de l'armoire aux vieilleries, cependant que ce mot : « La rentrée ! » faisait vibrer à mon oreille comme un mélancolique et lointain carillon.

LA PREMIÈRE LETTRE

I

Liberté est laissée aux gens qui savent quelle parenté m'unit à Jules Moineaux de récuser mon témoignage. Quant à moi, je croirais accomplir un acte parfaitement absurde en exigeant de ma tendresse filiale plus de discrétion qu'il n'est de rigueur, et en taisant mon admiration pour les *Tribunaux Comiques* le jour où je trouve l'occasion de la manifester hautement.

Que dire des *Tribunaux Comiques* qui n'ait été cent fois dit ? Longuement et à tour de rôle, Alexandre Dumas, Noriac et Armand Silvestre les ont étudiés et exaltés. C'est qu'il convient de voir en eux autre chose que de légers vaudevilles ou que des pitreries de tréteaux ; ils constituent à n'en pas douter une

expression définitive du génie comique de la race.
L'observation en est puissante ; l'écriture, simple en
apparence, en est étonnante de justesse, de sobriété,
de couleur, et quelle saine et noble gaieté s'y ébat la
jupe troussée, les seins jaillis hors du corsage, comme
une ribaude de Téniers ! Aussi bien, n'est-ce pas un
hasard qui fait se rencontrer sous ma plume le nom
de Téniers et celui de Jules Moinaux. A vrai dire,
il y a plus d'un point de ressemblance entre le
peintre et le conteur. Chez le premier comme chez le
second, c'est la même touche nette et franche, les
mêmes dessous d'une solidité à toute épreuve, le
même trait caricatural, respectueux de la vérité, qui
sauvegarde la ressemblance dans le burlesque de la
charge ; et si telles figures bouffonnes du vieux Maître
vivent de cette même vie qui anime les marion-
nettes des *Tribunaux Comiques*, tels lumineux
tableaux des *Tribunaux Comiques* ont les belles allégresses des kermesses flamandes.

Un jardin — y eût-on cueilli assez de bouquets
pour en couvrir le marché de la Madeleine — n'est
jamais absolument veuf des fleurs qui étaient sa gloire.
Toujours quelques violettes subsistent, cachées sou
le mystère des mousses ; quelque rose qu'on sen

soupçonnait pas est demeurée épanouie derrière l'enchevêtrement des ronces. A cette heure, les *Tribunaux Comiques* sont achevés ; pourtant, que de petits chefs-d'œuvre négligés, laissés de côté par l'auteur des *Deux Sourds*, n son désintéressement d'homme de lettres volontairement retiré des affaires, tout au souci d'écheniller, comme il faut, les Maréchal-Niel et les Gloire de Dijon de son jardinet de Saint-Mandé !

Pour mon compte, je sais une histoire qu'il inventa et dédaigna d'écrire, dont Panurge n'eut point désavoué la drôlerie extraordinaire. Si elle n'arrache pas au lecteur le fou rire auquel elle a droit, c'est que je l'aurai mal racontée, n'ayant ni la verve généreuse, ni le don d'observation aiguë de l'écrivain dont je suis si fier d'être le fils. Je ferai de mon mieux pour la bien dire ; votre bonne volonté fera le reste.

II

Voici l'objet.

Il s'agit d'un échange de mauvais procédés avec accompagnement de gifles, survenu entre deux commères du quartier de la Goutte-d'Or.

LE PRÉSIDENT

à un témoin qui vient de s'avancer à la barre

La femme Volet a cité la femme Beugnasse en police correctionelle pour injures publiques et voie de fait. Vous êtes cité comme témoin à la requête de la plaignante. Faites votre déposition.

LE TÉMOIN

Mo sieur, voici exactement tout comme c'est que c'est arrivé. C'est arrivé à huit heures du soir, dans la cour de la maison. Mme Volet, qu'était descendue tirer de l'eau, était de là, son scieau à la

main ; bon, arrive Mme Beugnasse, qui se met à l'interprêter !

LE PRÉSIDENT

Comment ! à l'interprêter ?

LE TÉMOIN

Oui, M'sieu , rapport à des histoires qui avaient
arrivé entre elles ; des potins de femmes : des bla-

gues, quoi !... « Ah ! vous voilà, vous, qu'elle lui fait ;
nous avons un compte à régler. A ce qu'il paraît que
vous auriez été faire du chichi et dire à la marchande
d'abats que j'étais qu'une ci et qu'une l'autre ? —
Moi ? qu'dit Mme Volet, tout interjectée. — Oui, vous,
que reprend Mme Beugnasse. Ah ! je suis qu'une ci
et qu'une l'autre ? Eh bien, vous, vous êtes une vieille
vache.

Rire dans l'auditoire.

LE PRÉSIDENT

Ne dites que la première lettre.

LE TÉMOIN, *qui ne comprend pas*

Monsieur ?

LE PRÉSIDENT

Il est inutile de préciser cer ains mots sur lesquels
il n'y a pas à se méprendre. Dites-en seulement la première lettre. Le tribunal comprendra.

LE TÉMOIN, *après avoir longuement rêvé*

Ah ! parfaitement ! (*Il reprend le fil de son récit.*)
Donc : « Vous êtes une vieille vache ! » que crie Mme Beugnasse à Mme Volet. Entendant ça, je me dis...

LE PRÉSIDENT

Vous assistiez à la scène ?

LE TÉMOIN

Comme je vous vois. Je venais de finir de dîner :

ça fait que je m'étais mis a la fenêtre pour fumer ma p... tranquillement.

LE PRÉSIDENT

Quoi ?

LE TÉMOIN

Je m'étais mis à la fenêtre pour fumer ma p...
tranquillement.

LE PRÉSIDENT

Pour fumer votre p ?

LE TÉMOIN

Oui.

LE PRÉSIDENT

Quelle p ?

LE TÉMOIN *hésitant*

... Ma... pipe...

LE PRÉSIDENT

Pourquoi ne le dites-vous pas ?

LE TÉMOIN

Parce que vous m'avez dit vous-même...

LE PRÉSIDENT

Je vous ai dit de glisser sur les termes dont la cru-
dité serait de nature à scandaliser l'auditoire. De là à
tomber dans l'excès contraire !... (*Le témoin fixe sur
le président des yeux arrondis d'inquiétude.*) Enfin !...
Continuez.

LE TÉMOIN

,.. Je me dis : « A moins d'un hasard, ça va finir par du vilain. Tout à l'heure, il y aura de l'erreur. »

Je connais Mme Beugnasse. Monsieur, elle est teigne comme tout !... Et, en effet, la v'là qui s'emballe, qui s'emballe, disant comme ça que celles qui voudraient l'acheter, elle leur z'y enleverait le ballon une belle affaire ; que les faiseuses de chi- chi, elle se les mettait quelque part et que Mme Volet était une salope.

Rires dans l'auditoire.

LE PRÉSIDENT, *une pointe d'agacement dans la voix*
Ne dites donc que la première lettre !

LE TÉMOIN *qui s'excuse*

Pardon !... Mme Volet réplique ; la veuve Beu- gnasse, furieuse, lui lance une girolle à cinq feuilles voilà le chiqué qui commence. Moi, comme de juste je fais ni une, ni deux ; je descends l'escalier, je tra- verse la cour, je me lance sur les combattantes et je les empoigne par leurs b...

LE PRÉSIDENT

Par leurs haches !...

LE TÉMOIN

Dame !... elles se battaient ; je voulais les écarteler.

LE PRÉSIDENT *abasourdi*

Elles se battaient à coups de haches ?

LE TÉMOIN, *avec un sourire*

Oh, non !... à coups de poing seulement.

LE PRÉSIDENT

Vous venez de dire que vous les aviez empoignées par leurs haches.

LE TÉMOIN

Eh bien, oui !... (*Baissant les yeux*) par leurs habits.

LE PRÉSIDENT

J'ai bien de la peine à me faire comprendre !... — Bref ?

LE TÉMOIN

Bref, Monsieur, je les ai séparées comme j'ai pu

Mme Volet, qu'avait la figure tout en sang, braillait comme un cochon de lait ; ce qui n'empêchait pas la

mère Beugnasse de la yectiver, fallait voir !... la traitant de chameau et de garce et répétant : « Tu l'as eu, mon poing sur la gueule! » (*Rires dans l'auditoire. Le président, du bout de ses doigts, tambourine nerveusement sur la table*). Une heure après, toute la maison

était encore révolutionnée ; et pis. pas que la maison :
la rue ! tellement ça avait fait du foin !...

LE PRÉSIDENT

Ça avait fait du foin ?...

LE TÉMOIN

Un peu !...

LE PRÉSIDENT, ahuri

Où ça donc ?

LE TÉMOIN

Dans le...

LE PRÉSIDENT

Dans le quoi ?

LE TÉMOIN

Dans le... q...

LE PRÉSIDENT hors de lui

Je vous retire la parole !

LE TÉMOIN

Pourtant...

LE PRÉSIDENT

Assez !... Allez vous asseoir ! Je vous ai dit de ne rien dire que la première lettre.

LE TÉMOIN, *qui avait voulu dire : « dans le quartier »*

C'est ce que j'ai fait.

SUGGESTION

La scène représente un café.

Au premier plan, Ratcuit et son ami Labouture discutent de sciences occultes devant deux bocks à demi vidés.

Au fond, attablée, une dame seule, plongée dans la lecture de l'Echo de Paris.

Entre la dame qui lit l'Echo et le couple Ratcuit-Labouture, un billard, où deux messieurs, armés de queues et de craie, se livrent aux douceurs du carambolage.

LABOUTURE.

Tu est idiot, Ratcuit ; tais toi. Tu parles comme un vermisseau.

RATCUIT, *qui suit son idée :*

... et j'en ai eu toutes les preuves, entends-tu ?

Que tu parlais comme un vermisseau ? Je te crois sans peine.

Il ne s'agit pas de cela ; ne fais donc pas l'imbécile.

(*Labouture enchanté, rigole.*)

RATCUIT

Je te répète que j'ai vu de mes yeux, — et des centaines de gens, entends-tu ? assistaient aux mêmes expériences, — les phénomènes de suggestion de l'ordre le plus extraordinaire et le plus incompréhensible ! Est-ce clair ?

LABOUTURE.

Tais-toi. Tu divagues.

RATCUIT, *opiniâtre.*

J'ai suivi pendant plusieurs mois les conférences du docteur Charcot à l'hôpital de la Charité...

LABOUTURE.

Oui, mon vieux.

RATCUIT, *qui commence à rager :*

...et chaque fois, j'en suis revenu émerveillé...

LABOUTURE.

Oui, mon vieux.

RATCUIT, *qui rage de plus en plus, mais qui ne veut rien en laisser paraître :*

...car, j'ai vu des choses inouïes, j'ai vu des choses fabuleuses ; de ces choses qui dépassent l'imagination et devant lesquelles on demeure baba !... Est-ce clair, encore une fois ?

LABOUTURE

Il m'est impossible de comprendre pourquoi tu ne veux pas la fermer.

RATCUIT.

Quoi ?

LABOUTURE

Ta boîte.

RATCUIT, *qui contient son exaspération :*

J'ai vu suggérer à une dame (prise, note bien, au hasard de l'assistance) l'idée de s'armer d'un couteau et d'en aller frapper le cocher du docteur Charcot, dont le coupé stationnait devant la porte de l'hôpital ! J'ai vu la même personne, en l'espace de deux minutes, rire, fondre en larmes, suffoquer, faire la morte, et cætera et cætera, et cela par le seul fait de la volonté de l'hypnotiseur commandant : « Faites ceci ; je le veux ! » Hein ! ce n'est pas épatant, ça ?

LABOUTURE, *au comble de la joie :*

Un vermisseau ! un vermisseau lui-même, ne s'exprimerait pas autrement !

RATCUIT, *qui enfin éclate :*

Brute !

LABOUTURE

Ferme ça, Ratcuit ; ferme ça. C'est un ami qui te le conseille.

RATCUIT

Sauvage !

LABOUTURE.

La douleur t'égare.

RATCUIT

Ce n'est pas la douleur, qui m'égare ; c'est ma juste indignation... bougre de fourneau ! Imbécile ! Alors oui ? tu en sais plus long à toi seul que toutes les sommités de la Faculté, lesquelles désarment et demeurent à court de répliques en présence de faits stupéfiants ? Quel cancre! et que voilà donc bien la stupide présomption des hommes ! Mais, la volonté, tout est là !... La puissance d'une volonté véritablement impérieuse et virile est telle qu'elle agit sur la matière elle-même !...

LABOUTURE.

Sur la matière ?

RATCUIT.

Oui.

LABOUTURE.

Fécale ?

RATCUIT.

Flûte ! Vrai, tu es trop bête, Labouture, et ton sourire niaisement goguenard a le don de me mettre hors
de moi.

LABOUTURE

Ne te frappe pas.

RATCUIT

C'est assommant, aussi, de voir un paquet de ton
espèce s'insurger devant des évidences, nier la science,
se crever les yeux de parti pris, pour ne pas voir des
phénomènes connus et reconnus de tout le monde.

Labouture se crève.

RATCUIT (*Didactique et solennel*) :

Oui,, l'âme humaine est la grande dominatrice !
Par elle, s'affirme l'invisible présence du Dieu qui
régit l'Univers ; car elle est parcelle de ce même
Dieu !... Tout l'établit ! Tout le proclame !... Mais ne
ris donc pas, bougre d'âne ! N'oppose donc pas des
ricanements de gâteux à des manifestations dont
le mystère nous échappe, il est vrai, mais confond
notre raisonnement !... Je te dis... (*Il tape sur la
table*)... je te dis que l'homme est le roi de la création !

LABOUTURE.

Même après le cheval ?

RATCUIT.

Je te dis...

(*Nouvelle gifle à plat, abbatue au marbre de la table.*)

... que sa volonté, entends-tu ? est maîtresse sur tous et sur tout... Voyons, raisonnons un instant. Veux-tu m'expliquer, je te prie, comment il se fait qu'un lorgnon, tenu à la main au bout d'un fil et opiniâtrement fixé par un œil fascinateur, se mette peu à peu en mouvement et tourne lentement sur lui-même de gauche à droite ou de droite à gauche, selon qu'il lui a été *commandé* de tourner à gauche ou à droite ?

(*Labouture s'esclaffe bruyamment.*)

RATCUIT.

Décidément, je vois que ton obstination seule égale ta stupidité !

LABOUTURE.

Tu parles comme un vermisseau ! Tu parles comme un vermisseau !

RATCUIT.

Ah ! je parle comme un vermisseau ? Eh bien, moi,
je vais te confondre !...

LABOUTURE.

Tu vas me confondre ?

RATCUIT.

Oui, je vais te confondre !

LABOUTURE.

Allons donc !

RATCUIT.

Tu vois bien cette dame, là-bas ; cette jenne dame
qui lit le journal ?

LABOUTURE.

Oui.

RATCUIT.

Elle ne pense pas à moi ?

LABOUTURE

Non.

RATCUIT.

Très bien. — Je m'en vais la forcer, par la seule
puissance de mon regard où je vais concentrer toute

ma volonté, à lever les yeux, tu entends ? et à les amener sur moi !

LABOUTURE.

Toi ?

RATCUIT.

Oui, moi !

LABOUTURE.

Tu forceras cette dame à te regarder.

RATCUIT.

Parfaitement, et avant seulement une minute, et ceci sans que j'aie dit un mot, fait un signe, ni attiré son attention par quelque geste que ce soit.

LABOUTURE, *très froid* :

Impossible,

RATCUIT.

Parions !

LABOUTURE.

Impossible !

RATCUIT.

Combien paries-tu ?

LABOUTURE.

Tu perdrais,

RATCUIT.

Si je perds, je paierai.

LABOUTURE.

Garde donc ton argent ; tu n'en as pas de trop pour toi.

RATCUIT.

Tu cannes !

LABOUTURE.

Je canne ?

RATCUIT.

Oui, tu cannes.

LABOUTURE.

Ah ! je canne ! Eh bien, je te parie vingt francs puisque je canne !

RATCUIT.

Tope... C'est tenu. Et maintenant fais bien attention. L'expérience va commencer.

L'expérience, en effet, commence. Ratcuit, renversé dans le dossier de la banquette, attache un regard suggestif sur la dame, laquelle ne paraît nullement influencée et reste plongée en sa lecture. Ratcuit redouble de volonté, même résultat.)

LABOUTURE, *goguenard* :

Très curieux.

RATCUIT, *à demi voix* :

Tais-toi ! tu contraries mon influence. Tiens, voilà que ça commence ; je le sens ;.... tu vas voir. Fais attention, Labouture ; le phénomène va se produire !... (*D'une voix à peire perceptible*) : Je veux !... Je veux !... Je veux !... Je veux !...

A ce moment, un des deux messieurs qui jouaient le carambolage interrompt une série, pose sa queue le long du mur, et s'approche tranquillement de Ratcuit.)

LE MONSIEUR.

Dites donc quand vous aurez fini de regarder ma femme.

RATCUIT.

Hein ? Quoi ? Qu'est-ce ?... D'où est-ce qu'il sort, celui-là ?

LE MONSIEUR

Je sors d'en prendre. Voilà cinq minutes que je vous suis du coin de l'œil ; votre persistance à dévisager une femme est de la dernière inconvenance,

RATCUIT.

Mais .. mais... mais...

LE MONSIEUR, *l'imitant* :

Mais... mais... mais... Vous êtes un polisson, voilà

tout ce que vous êtes. Et puis, regardez-la encore, regardez-la un peu, ma femme... Je vous enlèverai le derrière, moi, andouille!

LA VACHE

I

— Cré nom d'un chien, la belle vache ! cria à son rapin Poloche le paysagiste Maudruc.

Le peintre qui, depuis vingt minutes, promenait par les ruelles du village son pliant, sa boîte à couleurs et sa perplexité d'artiste en quête d'un coin à croquer, avait fait une soudaine halte devant un de ces riens délicieux où tient la campagne tout entière : un champ d'herbes hautes, rien de plus, révélé à l'improviste au détour d'un toit à cochons, mais baigné du soleil de juin, déchiré d'ornières profondes, et où couraient en ondes légères des ombres portées de pommiers bas. Une vache au repos y paissait, dont l'imminente maternité avait fait du ventre un baril. Son inquiétude éveillée à l'exclamation de Maudruc, elle avait dressé lentement sa tête formidable et douce — un bloc d'acajou massif, sur lequel du lait répandu eût séché au hasard des pentes — et immobile, elle attachait sur les deux hommes le strabisme hébété de ses yeux, le muet ronchonnement de sa bouche d'où pendaient des baves de gâteux, et qui mâchait.

C'était une Berrichonne de petite race, aux pis allongés, aux côtes en relief, aux sabots fourchus et qu'on devinait mous ; une bête superbe. Maudruc qui était connaisseur, la proclama laitière hors ligne, en état de donner ses douze litres par jour.

— Et encore, sans se la fouler.

— Bah ! fit Poloche qui s'en fichait, mourant de faim depuis qu'il avait entendu, dans le lointain du pays, mêlés aux chœurs confus des atomes de l'été, sonner les douze coups de midi. Allons nous bientôt déjeuner ?

Maudruc, tout à son emballement, poursuivit :

— Crois-tu qu'elle est belle !... Non, mais regarde moi un petit peu ces finesses de coloration. Le rose des pis est-il assez délicieux ?... C'est le volubilis lui-même !... Tonnerre de bleu, oui, elle est belle ! Et sale comme un peigne avec ça. Hein, Poloche, vois-tu sur ses flancs, ces placages de crasse épaisse ? Et ces cuisses, où des lits de bouse ont séché, si on ne dirait pas de la peau de crocodile !...

Il s'émerveillait tout de bon, ayant l'impression-nisme échevelé quelque peu, l'admiration systéma-tique du brutal et du mal peigné. Par dessus la tra-verse de bois qui clôturait le pâturage, il avait allongé son bras, s'efforçant d'atteindre la vache. « Elle est mignonne, cette grande fille-là ! Pour sûr alors, elle est mignonne ! » Le fait est qu'il eût pris un plaisir enfan-tin à éprouver, du bout de son doigt, les piquants du croissant de lune dressé sur le front de la bête, à heur-ter, de son index plié, ce crâne plat, d'une dureté de granit. Mais la vache ne comprenait pas. Elle restait rivée à froid, sans l'idée d'avancer d'un pas pour amener son mufle ruisselant jusqu'à cette caresse qui se tendait. Elle finit par se tourner, montrant alors les deux os saillants de sa croupe, sa molle queue

en cordon de sonnette, et de nouveaux lits de bouse
verdâtre, durcis et craquelés sur ses fesses.

Cette vue déchaîna chez Maudruc des enthou-
siasmes bruyants.

— Elle est trop ignoble ! cria-t-il. Je vais en faire
une étude peinte.

Et sourds aux clameurs de Poloche insistant pour
qu'on commençât par aller manger un morceau, il
enjamba la traverse, s'élança à travers les hautes
herbes du champ, vers une masure coiffée de chaume
qui en flanquait l'un des côtés.

Là, déjeunaient deux paysans, d'un fromage sec posé entre eux et dont il portaient à leurs bouches de petites, toutes petites écailles, détachées du bout de leurs couteaux.

Ménage de vieux : l'homme encore vaillant et robuste, la chemise ouverte jusqu'au nombril sur une peau couleur de terre cuite, velue, pareille à une tuile tapissée de mousse noire ; la femme, elle, si dévastée, à ce point ravagée de lassitude, qu'en les enfoncements de la coiffe son dur visage privé de lèvres n'était plus qu'une pomme tapée, avec deux pépins piqués dedans. L'apparition dans le cadre éclairé de leur porte d'un inconnu essouflé qui demandait : « C'est à vous, cette vache-là » leur causa une émotion.

Ils eurent un « oui » simultané, un « oui » terriblement sec, de gens prudents, disposés à la défensive.

Mais ils se regardèrent effarés, car :

— Ce n'est pas pour vous l'acheter, disait Maudruc, je voudrais seulement en faire une pochade.

— Une pochade...

— Oui ; une étude, quoi !... Enfin je voudrais lui faire son portrait, à votre vache.

Du coup, ils comprirent. -

— A c't'heure, dit le vieux ; c'est donc que vous êtes photographe ?

Maudruc répondit :

—Si on veut. Je suis peintre ; c'est la même chose... Tenez — et il pénétrait, avec un sans-gêne d'artiste qui se sent un peu chez lui partout — voulez-vous jeter un coup d'œil ?

Dans le fond de sa boîte à couleurs qu'il avait ouverte toute grande, un carré de toile piqué avec quatre punaises, se tordait sous des empâtements de vert Véronèse, de Sienne brûlée et de jaune de Naples.

Il y eut un long silence.

La vieille s'était levée pour voir, et plantée dans le dos de son homme, elle regardait immobile, tandis que celui-ci, emprisonnant de ses larges mains ses genoux rapiécés de velours brun, tendait vers la peinture une bouche stupéfiée.

Enfin :

— C'est un tableau, dit la femme à mi-voix.

— Oui, fit l'homme, c'est un tableau.

Puis la tête hochée lentement, par trois fois :

— Diable !... Faut pas êt' saoul pour faire ça.

Ce fut tout.

On tomba d'accord au surplus — ce qu'il fallait démontrer.

— Eh bien, dit Maudruc. c'est convenu ; je laisse mon pliant et ma boîte. Je serai de retour dans vingt minutes : le temps d'aller casser une croûte.

Vingt minutes plus tard il revenait, et......

. . . .

« Ah mon cher ! s'exclamait douloureusement l'artiste, qui me contait lui-même cette histoire, dans quel état je la retrouvai ma vache ; quand elle reparut à mes yeux, au détour du toit à cochons qui bordait le pâturage!... Entre le vieux aux chairs de terre cuite et la vieille qui n'avait plus de lèvres, elle m'attendait, la pauvre bête, et continuait de ruminer, mais d'une bouche qui ne bavait plus, ayant été soigneusement épongée, torchée d'une main maternelle ! Ces deux brutes affolées d'orgueil l'avaient faite belle comme pour une noce, rincée comme un verre, récurée comme une casserole, cirée comme une paire de chaussures ! Ses cornes. grattées au papier de verre. arboraient des blancheurs de craie, cependant que, verni de pétrole, ses sabots reflétaient le jour à l'égal de quatre miroirs. et que sa queue, parée d'un papillon de satin rose, faisait songer à la tresse blonde de Mlle Reichenberg au second acte de *L'Ami Fritz* ! »

TABLE DES MATIÈRES

Fontenay-aux-Roses. — Imp. Louis Bellenand

RÉVOLUTION DANS LE LIVRE
Superbes Volumes illustrés

Petite Collection MICHEL à 0 fr. 20
(Franco : 0 fr. 30)